Healthy Adventures With Kayla

AVENTURA CON KAYLA
Por Jamara Griffin
Ilustraciones de Jared Griffin

Jamara Griffin
Illustration by Jared Griffin

HEALTHY ADVENTURES WITH KAYLA

iUniverse books may be ordered through booksellers or by contacting:

iUniverse
1663 Liberty Drive
Bloomington, IN 47403
www.iuniverse.com
1-800-Authors (1-800-288-4677)

Because of the dynamic nature of the Internet, any web addresses or links contained in this book may have changed since publication and may no longer be valid. The views expressed in this work are solely those of the author and do not necessarily reflect the views of the publisher, and the publisher hereby disclaims any responsibility for them.

Any people depicted in stock imagery provided by Getty Images are models, and such images are being used for illustrative purposes only.
Certain stock imagery © Getty Images.

ISBN: 978-1-5320-8845-2 (sc)
ISBN: 978-1-5320-8846-9 (e)

Print information available on the last page.

iUniverse rev. date: 11/11/2019

HEALTHY ADVENTURES WITH KAYLA

By
Jamara Griffin
Illustrations by
Jared Griffin

AVENTURA CON KAYLA
Por Jamara Griffin. Ilustraciones de Jared Griffin.

Hi! My name is Kayla! I am eight years old. Eight and a half to be exact! I am in the third grade and I go to Apple Tree Elementary School! I love my school because I get to see my friends every day! I also get to see the best teacher in the entire world! Her name is Ms. Daisy! Ms. Daisy is super nice. She has such a huge smile and she always smells like apples. I love her class because she teaches about healthy foods! Thanks to Ms. Daisy, I know so much about fruits and vegetables! I want to be like her when I grow up! It will be super cool if I was a health teacher who teaches about healthy foods. Oh! I almost forgot! I want to be a cook too! I want to create healthy recipes and have my very own restaurant one day. I know it will happen because I already made healthy snacks, with my mom's help of course. They are so yummy and even my baby brother Max likes them! I am going to tell you more about these yummy snacks and hopefully, you will try them too!

¡Hola! ¡Me llamo Kayla! Tengo ocho años. ¡Ocho y medio para ser exactos! ¡Estoy en el tercer grado y voy a la Escuela Primaria de Apple Tree ¡Me encanta mi escuela porque puedo ver a mis amigos todos los días! ¡También puedo ver a la mejora maestra del mundo! ¡Su nombre es Sra. Daisy! Sra. Daisy es súper agradable. Ella tiene una sonrisa enorme y siempre huele a manzanas. ¡Me encanta su clase porque ella enseña sobre alimentos saludables! ¡Gracias a Sra. Daisy, yo sé mucho de las frutas y las verduras! ¡Quiero ser como ella cuando sea mayor! Será genial si yo fuera una profesora de salud que podría enseñar sobre alimentos saludables. ¡Oh! ¡Casi lo olvido! ¡También yo quiero ser cocinera! Quiero crear recetas saludables y tener mi propio restaurante un día. Sé que sucederá porque ya he hecho bocadillos saludables, con la ayuda de mi mamá, por supuesto. ¡Son tan deliciosos y a mi hermanito Max le gustan! Te voy a contar más sobre estos bocadillos deliciosos y espero que los pruebes también!

Snack 1:
Hero!!

The first snack I cannot wait to tell you about is the berry smoothie! I love berry smoothies because they taste like a slushy and boy, do I love slushies! I put blueberries and strawberries in my smoothie. Mommy and I put them in a blender along with other ingredients like yogurt and honey! It is fun to watch the berries get mixed into the blender. They go round and round and round. Sometimes it looks like they are on a roller coaster! It seems like fun! Did you know that strawberries and blueberries have fiber in them? Fiber is great for our bodies because it can prevent a person from getting diseases like heart disease and certain cancers. My grandma had cancer once. Now she is cancer free! I don't want her to get cancer again so I make sure I give her a berry smoothie whenever I make them. Oh! Have I mentioned? She loves them! She calls me her hero! Oh, do I love being called that!

Merienda 1:
Héroe!!

¡El primer merienda que no puedo esperar para contarte es el batido de bayas! Me encantan los batidos de bayas porque es como un granizado y ¡me encantan los granizados! Yo usé las arándanos y las fresas en mi el batido de bayas. ¡Mamá y yo los metemos en una licuadora juntos con otros ingredientes como yogur y miel! Es divertido ver las bayas mezclarse en la licuadora. Dan vueltas y vueltas y vueltas. ¡A veces se ven como si estuvieran en una montaña rusa! ¡Se ve divertido! ¿Sabías que las fresas y los arándanos están llenos de fibra? La fibra es buena para nosotros porque puede prevenir que una persona se enferme con enfermedades como cardiopatía y ciertos cánceres. Mi abuela tuvo cáncer una vez. ¡Ahora ella está libre del cáncer! No quiero que vuelva ella a tener cáncer, así que me aseguro de darle un batido de baya cada vez que los hago. ¡Oh! ¿Lo he mencionado? ¡A ella les encanta! ¡Ella me llama su héroe! ¡Me encanta que me llama así!

Snack 2:
Pizza is Here!

Another snack that I love to make is the watermelon pizza! This snack is so much fun to make and eat! Me and mommy slice up the watermelon to make it look like a pizza. Then we top it off with any yummy toppings we want. You could put kiwi, strawberries, bananas, pineapples, nuts, anything! It's like a pizza topping buffet! Whenever I make watermelon pizza, I like to act like a pizza delivery person. I put on my pizza hat and put the pizza in the box and yell out "Pizza is here!" I only deliver the pizza to my baby brother max because I don't have a phone or car yet, but it's worth it because I get to see him jump for joy whenever I give him a slice of pizza! I love this snack because watermelons are really good for us. They keep us hydrated! That means it has a lot of water in it which keeps us full! They also help our skin look smooth and keep our hair strong like Rapunzel! Wow! I never thought pizza could be so healthy!

Merienda 2:
Llegó la Pizza!

Otro merienda que me encanta hacer es la pizza de sandía! Este merienda es muy divertido de hacer y comer! Mamá y yo cortamos una sandía para que parece una pizza. Después, le añadimos cualquier ingrediente delicioso que queramos. ¡Podría incluir el kiwi, las fresas, los plátanos, las piñas, los nueces, o cualquier cosa! ¡Es como un buffet libre en una pizza! Cada vez que hago la pizza de sandía, me gusta actuar como repartidor de pizza Me pongo mi sombrero de cocinera y pongo la pizza en la caja, y grito " ¡ La Pizza está aquí!" Realmente, solo le entrego la pizza a mi hermanito, Max, porque todavía no tengo mi propio teléfono ni coche, pero vale la pena porque le puedo ver saltar de alegría cada vez que le doy un pedazo de pizza! Me encanta este merienda porque las sandías son muy buenas para nosotros. ¡Nos mantienen hidratados! ¡Eso significa que tiene mucha agua que nos mantiene llenos! ¡También ayuda nuestra piel a ver suave y a mantener el pelo fuerte como Rapunzel! ¡Wow! ¡Nunca pensé que la pizza podría ser tan saludable!

Snack 3:
Popular Apples

The next yummy snack is the delicious apple bites! I love this snack because it tastes like candy and who doesn't like candy? Mommy and I slice up apples into small pieces and then decorate them with honey and cinnamon. YUM! I think my favorite part about this snack is picking out the apples at the grocery store! Sometimes it is hard to choose the perfect one! Did you know that there are so many different types of apples!? They are so popular! There are small apples. Big apples. Yellow apples and green apples. They even have their own names! Like Fuji and Granny Smith! Oh, do I love apples! They are my favorite fruit! Ms. Daisy says "Eating an apple a day keeps the doctor away!" That means that apples are really healthy and can prevent a person from getting a lot of diseases like asthma and diabetes. Hooray for apples!

Merienda 3:
Las Manzanas Populares

¡El próximo bocadillo delicioso es para las deliciosas manzanas picadas! Me encanta este merienda porque sabe a caramelo y ¿a quién no le gustan las dulces? Mami y yo cortamos las manzanas en trozos pequeños y luego las decoramos con miel y canela. ¡YUM! Creo que mi parte favorita de este bocadillo es recoger las manzanas en el supermercado! A veces es difícil elegir el perfecto! ¿Sabía usted que hay muchos diferentes tipos de manzanas!? Son tan populares! Hay manzanas pequeñas. Manzanas grandes. Manzanas amarillas y verdes. Incluso tienen sus propios nombres! ¡Como "Fuji" y "Granny Smith"! ¡Me encantan las manzanas! ¡Son mi fruta favorita! Señora Daisy dice " Comer una manzana al día mantiene lejos a los doctores!" Eso quiere decir que las manzanas son realmente saludables y pueden evitar que una persona contraiga muchas enfermedades, como el asma y la diabetes. ¡Hurra por las manzanas!

Snack 4:
Chocolate Wonder Bath

Ok, the next exciting snack is the fruit kabob! I love these fruit kabobs because they are sweet and salty! I think sweet and salty make a great team! To make this fruit Kabob, I first get pretzel sticks and then put fruit on top of it. I like putting bananas and strawberries on mine but you can put whatever you like on yours. Mommy and I dip the fruit and pretzel into a bowl of melted dark chocolate. It is super yummy! Sometimes it looks like the fruit is going into a chocolate bath! A bath full of chocolate wonder! Did you know that dark chocolate is healthy for you? I know what you're thinking! ``how can chocolate be healthy?' That's what I thought at first until Ms. Daisy told me about all of the healthy things it has in it like zinc and iron! Zinc is really good for us because it helps our immune system! This means it makes sure that we do not get a cold or the flu. Iron is also good because it gives us energy! Wow, all of this dark chocolate talk is making me want a fruit kabob right now!

Merienda 4:
Baño De Chocolate

Bien, el siguiente merienda es para las brochetas de fruta! Me encantan estas brochetas de fruta porque son dulces y saladas!! ¡Creo que "dulce y salado" es una buena combinación! Para hacer brochetas de fruta, primero yo compro palitos de pretzel y luego pongo la fruta por encima de los palitos de pretzel. Me gusta usar bananas y fresas en la mía pero usted puede poner lo que quiera. Mami y yo metemos la fruta y el pretzel en un tazón de chocolate negro derretido. ¡Es super delicioso! A veces parece que la fruta va en un baño de chocolate! ¡Un baño lleno de maravillas de chocolate! ¿Sabías que el chocolate negro es saludable para ti? ¡Sé lo que estás pensando! ¿Cómo puede ser saludable el chocolate? Eso es lo que pensé al principio hasta que la Sra. Daisy me habló de todas de las cosas saludables que lo tiene como el zinc y el hierro! El Zinc es muy bueno para nosotros, porque ayuda a nuestro sistema inmunológico! Esto significa que se asegura de que no nos resfriemos ni obtengamos la gripe. El hierro también es bueno porque nos da energía! Wow, toda esta charla de chocolate negro me está haciendo querer una brocheta de fruta ahorita!

Snack 5:
We all scream for ice cream!

Ok! I have one last snack to tell you about! This snack is so good it will make you scream! Introducing yogurt-cicles! This snack is super yummy because it tastes a lot like ice cream! To make these yummy yogurt-cicles, mommy and I put yogurt in an icicle tray and then we put in fruits and chocolate chips for decoration. After we put it in the freezer, we created yogurt-cicles! I love making these because we do not have to wait for the summer to have a creamy icicle from the ice cream man. We can make them at home. Which is so much better because we can make a whole bunch of them! I like the yogurt-cicles because I can see the frozen fruit inside. Sometimes it looks like a beautiful painting. Did you know that yogurt is good for our bodies? Ms. Daisy told me that yogurt has calcium. This means that yogurt can keep our bones strong and healthy! When I eat yogurt, I feel really strong and powerful like superman!!

Merienda 5:
Todos gritamos por helado!

Bien! ¡Tengo un último aperitivo para contarte! ¡Esta merienda es tan buena que te hará gritar! Introduciendo yogur-cicles! Este merienda es muy sabroso porque sabe mucho a helado! Para hacer estos deliciosos yogures, mami y yo ponemos yogur en una bandeja de hielo y luego ponemos frutas y pepitas de chocolate para decorar. Después de lo ponemos en el congelador, creamos yogurt scles! Me encanta hacer esto porque no témenos que esperar hasta el verano para comprar un helado del heladero. Podemos hacerlos en casa. Que es mucho mejor porque podemos hacer un montón de ellos! Me gusta el yogur-cicles porque puedo ver la fruta congelada en el interior. A veces parece una pintura bonita. ¿Sabías que el yogur es bueno para nuestros cuerpos? Sra. Daisy me dijo que el yogur tiene calcio. ¡Esto significa que el yogur puede mantener nuestros huesos fuertes y sanos! ¡Cuando como yogur, me siento muy fuerte y poderosa como superman!!

Wow! All of this healthy food talk is making me really hungry!! I'm sure you are as hungry as I am! I'm so hungry I can eat a hippo right now! A gigantic one! Well, I have good news!! I have a whole list of the recipes I shared with you! You know what that means? That means you can create and EAT! When you try them, make sure you let me know how it tastes ok? Oh! I almost forgot! Make sure to take pictures of the snacks you made so that your teacher can be proud! I hope you have fun! Stay healthy!!

Órale! ¡Toda esta charla de comida saludable me está dando mucha hambre!! ¡Estoy segura de que tienes tanto hambre como yo! ¡Tengo tanto hambre que podría comer un hipopótamo ahorita! Un gigante! ¡Bueno, tengo buenas noticias!! ¡Tengo una lista completa de las recetas que compartí contigo! Sabes lo que eso significa? ¡Eso significa que puedes crear y comer! Cuando las pruebes, asegúrate de decirme como sabe. ¡Oh! ¡Casi me lo escapó! Asegúrese de tomar fotos de los aperitivos que se realiza de manera que tu maestra puede estar orgullosa! ¡Espero que te diviertas! Mantenerse saludable!!

Hello!!

Welcome to Kayla's cookbook!! She is happy and excited to share her fun and healthy recipes with you!! Before creating these delicious snacks, please make sure you have a parent or teacher to help you! Make sure to take pictures to show to your teacher at school!! Last but not least, have fun and enjoy!!

Love,
Kayla's Mom.

Kayla's Healthy Recipes!!

RECIPE!!!

Hero Smoothie:

Ingredients:

- 1 cup of frozen blueberries
- 1 cup of frozen strawberries
- 1 tablespoon of honey
- ½ cup of vanilla greek yogurt
- 1 tablespoon of chia seeds (optional)

Instructions:
Put all ingredients in blender. Blend until smooth!! Enjoy!!

Watermelon Pizza!!

Ingredients:

- ½ cup low-fat plain yogurt
- 1 teaspoon honey
- ¼ teaspoon vanilla extract
- 2 large round slices of watermelon (1 inch thick), cut from the center of the watermelon
- 1.5 cup of sliced fruit of choice
- Cinnamon for topping

Instructions:

Mix yogurt, vanilla, and honey in one bowl. Put yogurt mixture on watermelon. Slice the watermelon into slices. Then top it off with your fruit of choice and cinnamon.

Popular Apples:

Ingredients:

- 2 Apples
- 2 tablespoons of cinnamon
- 2 tablespoons of honey
- ¾ cup of oats

Instructions:

- Slice apples into 4 pieces
- Top apples with 1st honey, 2nd oats and then 3rd cinnamon.
- Enjoy!!

Chocolate Wonder Bath:

Ingredients:
This recipe calls for any type of fruit but Kayla likes strawberries and bananas for her Kabobs!

Ingredients:

- Long skinny pretzel sticks
- Bananas (sliced up in pieces) and strawberries (halfway sliced)
- Melted dark chocolate

Instructions:
Melt about 1 bar of dark chocolate or dark chocolate chips. Put slices of fruit on pretzel stick. Cover pretzel and fruit with dark chocolate. Put Kabobs in refrigerator for about 10 minutes. Enjoy!!!!

Yogurt-Cicles: We all Scream for ice cream!!

Ingredients:

- 1 cup of Plain vanilla yogurt
- Any fruit cut up in pieces (Kayla likes strawberries and kiwi's in her sickle!)
- 3 tablespoons of honey
- ½ cup of dark chocolate chips

Instructions:
Stir all ingredients in a bowl. Place the mixture in a popsicle tray. Put the tray in the freezer and freeze!

Hola! ¡Bienvenidos al libro de cocina de Kayla!! ¡Ella está feliz y emocionada de compartir sus recetas saludables y divertidas contigo!! Antes de crear estos deliciosos bocadillos, ¡asegúrese de que sus padres o maestros le ayuden! Asegúrese de tomar fotos para mostrar a su maestro en la escuela!! Por último, pero no menos importante, divertirse y disfrutar!! Amor, La Madre de Kayla. Recetas Saludables de Kayla!! RECETA!!!

Héroe Smoothie:

Ingrediente:

- 1 taza de arándanos congelados
- 1 taza de fresas congeladas
- 1 cucharada de miel
- ½ Taza de yogur Griego de vainilla
- 1 cucharada de semillas de chía (opcional)

Instrucción:
Poner todos los ingredientes en la licuadora. Mezcla hasta que quede suave!! ¡Que lo disfrutes!!

¡Pizza De Sandía!!

Ingrediente

- ½ Taza de yogur natural sin grasa
- 1 cucharadita de miel
- ¼ De cucharadita de extracto de vainilla
- 2 rodajas grandes de sandía (1 pulgada de grosor), cortadas del centro de la sandía
- 1.5 taza de fruta cortada de elección Canela para el relleno

Instrucción:

Mezcle el yogur, la vainilla y la miel en un tazón. Pon la mezcla de yogur en la sandía. Rebane la sandía en rebanadas. Luego rematar con su fruta de elección y canela.

Popular Manzanas:

Ingrediente:

- 2 Manzanas
- 2 cucharadas de canela
- 2 cucharadas de miel
- ¾ De taza de avena

Instrucción:
Rebane las manzanas en 4 trozos Corona las manzanas primera con miel, segunda avena y finalmente tercera canela. ¡Que lo disfrutes!!

Baño De Chocolate:

Ingrediente:

- Esta receta requiere cualquier tipo de fruta, pero a Kayla le gustan las fresas y los plátanos para sus brochetas.
- Largo flaco palitos de pretzel
- Plátanos (rebanados en trozos) y fresas (cortados en trozos)
- Chocolate oscuro derretido

Instrucción:

Derretir alrededor de 1 barra de chocolate negro o pepitas de chocolate negro. Poner las rebanadas de fruta sobre un palito de pretzel y fruta y cubierta con chocolate negro. Poner las Brochetas en el refrigerador durante unos 10 minutos ¡Que lo disfrutes!!!!

¡Todos Gritamos por helado!!

Ingrediente:

- 1 taza De yogur de vainilla Cualquier fruta cortada en trozos (a Kayla le gustan las fresas y el kiwi en suyo!)
- 3 cucharadas de miel
- *½ Taza de pepitas de chocolate negro

Instrucción:
Mezcle todos los ingredientes en un tazón. Coloca la mezcla en una bandeja de helado. ¡Pon la bandeja en el congelador y congela!

Printed in the United States
By Bookmasters